RÉFUTATION

DES RÉVÉLATIONS

DU BARON DE SAINT-CLAIR,

SUR L'ASSASSINAT DU DUC DE BERRI.

RÉFUTATION

DES RÉVÉLATIONS

DU BARON DE SAINT-CLAIR,

SUR L'ASSASSINAT DU DUC DE BERRI,

PAR Me J.-M.-B. CHEVALIER,

AVOCAT PRÈS LA COUR ROYALE DE TOULOUSE.

A PARIS,

Chez Mme GOULLET, Libraire, Palais-Royal,
galerie d'Orléans, n° 27,
Et chez tous les Marchands de Nouveautés.

1830.

INTRODUCTION.

ÉTRANGER aux dissensions politiques, j'étudiais à Toulouse la philosophie, lorsqu'un cri d'horreur accueillit dans la France la nouvelle de l'assassinat du duc de Berri.

Libéraux, *ultras*, *ministériels*, tous étaient dans la consternation. Un seul ne partageait point la douleur commune, *c'était l'assassin !...*

L'esprit de parti ne m'avait point appris à imprimer à personne la flétrissure du soupçon : je ne voyais dans Louvel qu'un monstre, et *je ne pouvais croire qu'il fût français.*

J'attendais que l'instruction commencée par la Chambre des Pairs, me permit d'avoir une opinion sur un aussi grand crime, lorsqu'une voix, du haut de la tribune (1) accusa M. De-

---

(1) M. Clausel de Coussergues. (Séance du 14 février 1820.)

cazes d'être complice de l'assassinat.

Une improbation générale, et les cris plusieurs fois répétés « *à l'ordre!* firent aussitôt justice de cette accusation.

Je rappelle même que des observations furent présentées le lendemain sur la rédaction du procès-verbal de la séance, et que *M. de Courvoisier* (aujourd'hui ministre de la justice), demanda que le mot *indignation* fut substitué au mot *improbation*, qui, selon lui, ne témoignait pas suffisamment de l'opinion de la Chambre sur une pareille accusation (1).

L'offre de M. Clausel de Coussergues, de reproduire son accusation et de la prouver, ne résista point à cette qualification énergique de M. de Saint-Aulaire. . . . .

---

(1) Immédiatement après la lecture du procès-verbal, M. de Saint-Cricq exprima publiquement le regret de voir consigner la proposition de M. Clausel de Coussergues, et aussitôt il s'éleva contre l'inconvenance de mêler, *à des regrets profonds, un sentiment de haine personnelle, une longue inimitié, une odieuse calomnie.*

vous êtes un calomniateur (1); et tandis que cette apostrophe flétrissante était mentionnée au procès-verbal, M. Clausel de Coussergues, *publiquement accusé de calomnie*, ne crut pas devoir prouver la vérité d'une accusation dont il avait accepté toutes les conséquences.

M. Decazes n'ignorait pas l'accusation qui avait été proposée contre lui. L'influence de sa position, s'il eût été criminel, lui aurait facilité les moyens d'échapper à ses accusateurs, mais, fort de sa conscience, il se démit du pouvoir et se présenta devant eux, sans autre appui que *ses services, sa fidélité et son attachement pour le Roi* et sa *Royale famille* (2).

(1) Séance du 15 février.

(2) « Louis, etc..., à tous ceux qui ces présentes verront, salut; voulant donner au comte Decazes un témoignage de la satisfaction que nous avons de *ses services, du zèle et de la fidélité* dont il nous a donné des preuves dans les occasions les plus difficiles, et aussi *de son attachement à notre personne et à notre famille*, nous avons ordonné et ordonnons de qui suit :

» Art. Ier. Le comte Decazes, pair de France,

Bientôt la condamnation de Louvel prouva qu'il n'avait point de complices.

Heureusement l'espoir de la France ne fut point détruit par *le fer assassin*, l'enfant du miracle vint bientôt pour calmer nos douleurs, et chacun le voyant s'élever à l'ombre des vertus de son royal aïeul, ne désespéra plus d'un heureux avenir.

Cependant la calomnie n'était pas étouffée, elle sommeillait pour s'éveiller plus hideuse.

M. Clausel de Coussergues avait accusé un ministre du Roi, et *ce ministre fut vengé par le témoignage de son auguste maître* (2).

-----

ministre d'état, est nommé duc, pour jouir lui et ses descendans, en ligne directe, de mâle en mâle, par ordre de primogéniture, des honneurs et prérogatives attachés à ce rang, à charge par lui de se conformer aux lois du royaume, et notamment aux dispositions de notre ordonnance du 19 août 1815.

» Art. 2. Notre ministre secrétaire d'état, etc.

» Donné au château des Tuileries, le 20 février 1820.   *Signé* Louis. »

(2) Voir l'ordonnance ci-dessus du 20 février 1820.

Le baron de Saint-Clair, sur la révélation *d'un domestique* (1), reproduit, non-seulement cette accusation, mais il l'étend même à tout ce que la France possède de plus pur et de plus fidèle.

Les ducs de Maillé, d'Escars, les comtes de Clermont Lodève, le Paultre de Lamothe et le général comte Lion sont publiquement désignés comme ayant *armé le bras de l'assassin !* . . . . qui pourra donc se promettre d'échapper au poison de la calomnie, puisque les sujets fidèles que Sa Majesté honore de son amitié, ne sont point à l'abri de ses atteintes !

L'accusation de M. Clausel de Coussergues fut accueillie avec indignation par la Chambre et la majorité des Français.

---

(2) Nous ignorons complétement si Buiema existe, ou si c'est un personnage inventé par la calomnie ; mais enfin le prenant tel que le baron de Saint-Clair l'a dépeint, nous démontrerons que tout ce qu'il met dans la bouche de Buiema est absurde et doit être rejeté avec indignation.

Les révélations du baron de Saint-Clair seront qualifiées par la France entière; et moi, qui n'ai jamais vu ni les ducs de Maillé, d'Escars, ni les comtes de Clermont Lodève, le Paultre de Lamothe, ni M. Decazes, indigné de l'atrocité de ces révélations, je vais en démontrer la dégoûtante absurdité (1).

---

(1) Je dois prier ici MM. les ducs de Maillé, d'Escars, les comtes de Clermont Lodève, Le Paultre de Lamothe, et le général comte Lion, de ne pas blâmer l'intention qui m'a déterminé à donner à cet écrit de la publicité; je sais très-bien que les noms honorables qu'ils portent répondent bien plus éloquemment que ne pourront le faire mes paroles, aux atroces calomnies du baron de Saint-Clair; mais la publicité que ces révélations ont acquise, m'a paru exiger une réfutation publique, et je me suis empressé d'y répondre.

RÉFUTATION

DES RÉVÉLATIONS

DU BARON DE SAINT - CLAIR,

SUR L'ASSASSINAT DU DUC DE BERRI.

> Examinez ma vie et songez qui je suis.
> RACINE.

LE 11 mars 1820, le marquis de Lally-Tollendal s'écriait, dans la Chambre des Pairs, avec l'accent d'une vertueuse indignation :

» Je viens de lire, Messieurs, la pétition » qui vous est adressée contre M. le duc » Decazes..... *c'st un tissu d'horreurs.* »

Il faut enfin que la publicité de notre procès-verbal apprenne fortement à ceux qui hasardent et qui dictent de pareilles pétitions, que les Pairs de France, juges de leurs Pairs et juges de tous Ministres légalement et constitutionnellement cités à leur Tribunal suprême, n'en sont jamais les dénonciateurs; encore moins sont-ils les fauteurs *des diffamations, des délations, des calomnies* aussi *follement* que *criminellement* amoncelées contre ces Pairs et ces Ministres, et contre ceux-là surtout dont le Roi vient de proclamer et de récompenser *solennellement la fidélité, le zèle, les services, les lumières et le dévouement à sa personne sacrée et à sa royale famille* (1).

Ce que disait ce noble Pair, je le dirai comme lui :

Je viens de lire les révélations du baron de Saint - Clair..... *c'est un tissu d'horreurs!*

Il faut enfin que la publicité des procès-verbaux de nos Chambres apprennent à tous les Français, qu'inaccessibles à l'esprit de parti, les Pairs du royaume, les Députés de nos provinces ne se laissent point aller aux inflences de la calomnie, et qu'ils sauront la démasquer pour la flétrir, quelque soit le voile dont elle se couvre pour accréditer ses révélations.

---

(1) Voir l'ordonnance ci-dessus, du 20 février 1820.

Non, la France ne se laissera point surprendre à de factieuses déclamations.

Pairs et Députés, vous répondrez tous; et la réponse sera digne de vous (1).

Ce ne sera point, je l'espère, par un simple ordre du jour, que vous ferez justice de ces révélations , dont l'objet est de faire planer des soupçons outrageans sur les têtes les plus augustes, d'attaquer la fidélité jusque dans son sanctuaire le plus élevé, de désigner à l'indignation publique des sujets qui se sont volontairement imposés les privations de l'exil, alors que les descendans de saint Louis étaient réduits à demander l'hospitalité sur une terre étrangère.

Une première idée se présente naturellement dans une accusation aussi grave; c'est de se demander, *quel est l'accusateur, quels sont les accusés?*

Si le baron de Saint-Clair, *vétérant de l'armée de Condé,* signalait à l'indignation publique, ces hommes que le fanatisme ré-

---

(1) Ce manuscrit était entre les mains de l'imprimeur lorsque j'ai appris, par la voie des journaux , qu'une plainte avait été portée contre M. de Saint-Clair.

volutionnaire avait précédemment armés contre la royauté, je concevrais que, cedant à l'influence de leurs sanglantes docrines, Louvel fut devenu l'aveugle instrument d'un exécrable complot.

Mais lorsque, sur les révélations d'un *étranger épileptique* (1), soupçonné de *parricide* et d'*assassinat* (2), cet émigré nous montre le *fer assassin* passant des mains d'un ministre du Roi dans les mains de sujets fidèles pour devenir dans celles de Louvel un instrument de mort; je ne conçois plus rien, je ne puis que frémir.

Quel esprit de vertige vous aurait donc frappé, ducs de Maillé, d'Escars, comte de Clermont-Lodève, le Paultre, de Lamothe pour devenir en un jour traîtres au Roi et à la patrie?

Eh quoi! les proscriptions, la mort n'auraient pû, dans des jours malheureux, ébranler votre fidélité, altérer votre dévouement aux fils du sage et vaillant Henri, et un instant aurait suffi pour vous détermi-

---

(1) Révélations, page 44.
(2) Révélations, page 65.

ner à lever contre l'un d'eux le poignard des Ravaillac, le poignard des Damiens!

Et vous, brave Lion, qui avez échappé à tant de périlleux combats, vous, que le fer ennemi a tant de fois atteint sur le champ de l'honneur, auriez-vous oublié les jours de votre gloire et souillé vos lauriers par un assassinat?

Devrait-il ignorer, celui qui vous accuse, que du cœur d'un soldat peut jaillir la colère, jamais la perfidie! (1)

Non, la *fidélité* n'a point préparé ce hideux forfait, aucune faveur ne pouvait plus atteindre ceux qui en étaient comblés, et les plus fermes soutiens de la monarchie n'ont point trempé leurs mains dans le sang de nos rois.

Le baron de Saint-Clair ne s'est point dissimulé le peu de créance que les Français

______

(1) Tout le monde sait que le comte Lion refusa, le 10 mars 1815, de suivre le général Lefebvre-Desnouettes abandonnant les drapeaux français pour se ranger sous les drapeaux de l'usurpateur, et qu'il adressa au ministre de la guerre un rapport qui lui mérita les plus grands éloges, ainsi que le grade de lieutenant-général.

donneraient à l'absurdité de ses révélations.

Il n'ignorait pas tout ce que les noms de Maillé, d'Escar, de Clermont-Lodève, le Paultre de Lamothe, et comte de Lion publiaient d'honorable.

Et qui ne se rappelle ce trait caractéristique de l'esprit national, ces expressions douloureuses échappées au comte de Clermont-Lodève, au moment où le prince fut frappé par son assassin....

« Puisque j'étais à côté de Mgr le duc de » Berri, puisque le monstre qui l'a frappé » ne voyait ni sa figure ni la mienne, que » ne me prenait-il pour lui? » (1)

Persistez après cela dans vos affreuses révélations, flétrissez, par vos criminelles accusations, tous ceux qui font chérir le nom français; et quoique *l'orgueil de descendre des ducs de Normandie* (2) vous irrite de-

____

(1) Voir le *Constitutionnel* du 25 février 1820.

(2) Au commencement de ses révélations, M. le baron de Saint-Clair annonce qu'il évitera avec le plus grand soin de parler de lui-même. Toutefois après avoir qualifié M. Decazes de *parvenu*, M. de Saint-Clair ne peut résister au plai-

vant ceux qui se trouvent en place sans avoir jamais versé une goute de sang, qu'il s'offense *de ce que vos nombreuses et graves cicatrices reçues pour la légitimité*, attendent encore leur récompense (2), les Français n'oublieront jamais qu'après la dissolution de l'armée de Condé, et alors que les Bourbons ne résistaient plus contre l'usurpation, *le baron de Saint-Clair servait à l'étranger, tandis que l'etranger était en guerre avec la France!!* (3)

Il est facile de reconnaître, à la lecture de ces révélations, le motif qui nécessairement les a déterminées.

Le baron de Saint-Clair est *un émigré* qui, bien qu'il ne fût âgé que de treize ans, fut

---

sir de rappeler son origine *et les nombreux services* qu'il dit avoir rendus dans l'intention, sans doute, de montrer combien M. Decazes devait être *petit* à côté du descendant des ducs de Normandie. . . . . Le pauvre homme !

(1) Lettre prétendue adressée par M. de Saint-Clair au comte de Clermont-Lodève, le 12 mars 1819. Voir aux révélations, pièces justificatives, n° 3, p. 91.

(2) Révélation, page 57.

2

admis en 1793, comme chasseur noble dans l'armée de Condé.

Plus tard, il prit du service chez les puissances étrangères, et ne revint en France qu'en 1814, pour saluer la restauration *qu'il croyait avoir assurée.*

Comme tant d'autres, le baron de Saint-Clair était venu dans l'espoir d'obtenir les emplois, les honneurs qu'il croyait dûs à sa fidélité, à son dévouement, et, *comme tant d'autres*, il voyait avec peine que les faveurs du Prince ne récompensaient point les importans services qu'il disait [avoir rendus.

Et que l'on ne croie pas que je raisonne sur des suppositions ; le baron de Saint-Clair souffrait des faveurs qu'il n'obtenait point, et la preuve qu'il connaissait les tourmens de l'envie, résulte de la lettre qu'il prétend avoir adressée au comte de Clermont-Lodève, le 12 mars 1819.

Si le baron de Saint-Clair n'eût pas souffert des récompenses que le Prince avait accordés à ses sujets fidèles, aurait-il écrit que s'il demandait une audience, ce n'était point pour lui, *et que devant ceux qui étaient en place sans avoir jamais versé une goutte de* sang, *il laissait en évidence ses nombreuses et graves cicatrices reçues pour la cause sacrée de la légitimité....,* comme si la légitimité avait armé les ennemis de la France !...

Mais éloignons de pénibles souvenirs ; l'accusation nous en reppelle de par trop douloureux, hâtons-nous de répondre.

Le baron de Saint-Clair a dit : L'assassinat de Mgr le duc de Berri n'est point l'œuvre de Louvel.

Instrument aveugle de cet horrible forfait, il n'a fait qu'obéir aux criminelles inspirations de ceux que le Prince avait comblé de ses faveurs.

Les ducs Decazes, de Maillé, d'Escars; les comtes de Lion, de Lamothe, de Clermont-Lodève et le général S.... ont armé l'assassin.

Buiema, le complice involontaire de Louvel les accusé :

Il a reçu 1500 fr. des mains du vicomte de Lamothe, et *de plus un poignard !*

C'est Buiema qui présenta le flacon de rhum au soldat Desbiez.

C'est enfin Buiema qui reçut de ceux qu'il accuse la promesse des 150,000 francs.

Pour démontrer la criminalité de ces ré-

vélations, suivons le baron de Saint-Clair,
écoutons ce qu'il dit.

« J'étais à Marly-le-Roi, lorsque, le 12
» mars 1819, un jeune homme très-blond,
» ayant des yeux qui annonçaient un ca-
» ractère décidé, et vêtu d'une redingote
» grise, demanda à me parler en parti-
» culier.

» Ce jeune homme était au service par-
» ticulier de M. de Lamothe, et pour soula-
» ger son cœur du poids qui l'oppressait, il
» était venu à Marly me révéler un secret
» important.

» Un complot, me dit-il, existe contre
» la vie du duc de Berri : sa perte est réso-
» lue, j'en ai une connaissance *person-*
» *nelle.* »

Remarquons d'abord l'étrangeté de cette
confidence.

Un domestique particulier du vicomte de
Lamothe, dénonçant un projet d'assassinat
au baron de Saint-Clair, à un homme qu'il
n'avait jamais vu, et qui n'est investi d'aucune autorité publique pour recevoir de
pareilles dénonciations.

Le baron de Saint-Clair l'a très-bien

senti ; et, pour éloigner une première ré-
flexion qui n'est pas sans importance, il
s'empresse de nous apprendre qu'il devait
la vie au père de Buiema, et que celui-ci,
connaissant le dévouement du baron à la
famille royale, s'était résolu à lui confier
cet horrible secret (1).

« Pourquoi ne vous adressez-vous pas au
» ministre de la police, dit alors M. de Saint-
» Clair ?

» Parce que je suis sûr, répond Buiema,
» que je n'existerais pas vingt-quatre heures,
» M. Decazes étant le véritable auteur de
» cet infâme complot.

» C'est lui qui en dirige la trame, qui est
» le promoteur des assassins *déjà trouvés*,

----

(1) M. de Saint-Clair explique, il est vrai, ses
relations avec le père de Buiema ; il rapporte même
que tout ce que ce dernier exigea de lui en re-
connaissance du service qu'il lui avait rendu,
c'est qu'il inscrirait son nom, ses prénoms, son
âge, le lieu de sa naissance, et la date du jour
où il avait été retiré du champ de bataille. Mais
comment Buiema fils a-t-il appris que le soldat
échappé à la mort qui l'attendait, s'il eut été
pris les armes à la main, résidait à Marly-le-Roi ?...
C'est un fait que M. Saint-Clair n'explique pas, et
qu'il aurait dû cependant expliquer.

» pour immoler le Prince ; et d'autres per-
» sonnages, *dont je ne connais pas les noms,*
» *sont au nombre de conjurés.* »

Nous eussions bien désiré que le baron de Saint-Clair nous eût dit comment il était arrivé que Buiema connut M. Decazes, et qu'il n'eût point encore appris, *à l'époque de cette première confidence*, les noms des autres conjurés.

Il est possible que le baron de Saint-Clair n'ait pas attaché une grande importance à ce fait. Cependant, comme les révélations qu'il fait reposent entièrement sur la déclation d'un seul homme, appuyée par des conjectures, et que nous ne pouvons, *personnellement*, détruire cette accusation que par *son absurdité* et ses *contradictions*, ne faudra-t-il pas s'étonner de nous voir appeler l'attention sur les plus légères circonstances.

« Ce même jour, continue M. de Saint-
» Clair, j'écrivis à M. le comte de Clermont-
» Lodève, aide-de-camp et gentilhomme
» d'honneur de Son Altesse royale le duc
» de Berri, pour lui déclarer qu'un complot
» existait contre les jours du Prince. »

Observons que ce n'est plus ici Buiema qui affirme; c'est le baron de Saint-Clair qui, s'il faut l'en croire, aurait dénoncé le complot dans les termes suivans :

Marly-le-Roi, le 12 mars 1809.

MONSIEUR,

» Ayant été, l'année dernière, à Londres, » j'ai eu l'avantage de rencontrer à l'au- » dience de S. A. R. Mgr le duc d'Yorck, » un officier supérieur, anglais, de votre » connaissance. Quelques jours après, il est » venu me voir et me remit la lettre ci- » jointe que j'ai l'honneur de vous en- » voyer.

» Des sentimens de délicatesse m'ont em- » pêché jusqu'ici de faire parvenir cette » lettre à son adresse, vu qu'étant bien » connu aux îles et en Égypte de cet offi- » cier, qui est ami vrai, je n'approuve pas » la chaleur que l'amitié lui fait mettre en » parlant de mes moyens militaires. Croyez, » Monsieur, qu'il fallait des circonstances de » la plus haute importance pour me décider » à surmonter toute considération person-

» sonnelle en l'envoyant aujourd'hui (1).

» Après la lecture de la lettre de votre
» ami, j'ai l'honneur de présumer que vous
» voudrez bien m'accorder quelques mo-
» mens d'entretien; *ce n'est point avec l'in-*
» *tention de vous parler de moi-même : de-*
» *vant ceux qui sont en place sans avoir*
» *jamais versé une goutte de sang, je laisse*
» *en évidence mes nombreuses et graves ci-*
» *catrices reçues pour la cause de la légiti-*
» *mité.* Si je désire vous voir, c'est pour
» vous prévenir que la personne de l'au-
» guste Prince, auprès de qui vous avez le
» bonheur d'être employé, se trouve très-
» sérieusement menacée. Il m'est impossi-
» ble d'en dire davantage, m'étant engagé,
» par une promesse sacrée, à ne jamais
» nommer la source d'où je tiens l'affaire,

---

(1) Comme on le voit, il n'est pas encore
question du projet d'assassinat, et le baron de
Saint-Clair, tout en ayant l'air de ne point ap-
prouver la partialité de l'officier anglais qui écrit
on ne sait trop pourquoi, s'appesantit assez com-
plaisamment sur des particularités qui laissent
pressentir qu'il veut solliciter une grâce plutôt
que dénoncer un complot.

» et jamais personne ne peut la deviner.
» Mais tout ce que je puis assurer, c'est que
» l'infernale trame est ourdie contre les jours
» d'un des meilleurs, comme des plus loyaux
» Princes, dont le caractère éminemment
» chevaleresque, porte ombrage surtout
» aux machinations d'un homme atroce qui,
» *pour le malheur de la France, se trouve*
» *aujourd'hui en grande faveur auprès de*
» *Sa Majesté.*

» Si je m'adresse à vous, Monsieur, c'est
» que la place que vous occupez vous fait
» être auprès de la personne de son A. R.
» Mgr le duc de Berri, et comme c'est de Son
» Altesse Royale que je veux parler, je vous
» prie de m'indiquer le jour et l'heure où
» je pourrai vous trouver.

» Par la lettre de votre ami, que j'ai l'hon-
» neur de vous envoyer, vous serez à même
» de pouvoir juger que je ne suis guère ha-
» bitué à supplier pour moi-même. Il est
» donc inutile d'ajouter que l'affaire en
» question a besoin de circonspection pour
» la prévenir. N'oubliez pas, Monsieur, que
» c'est un militaire qui a versé son sang
» avec profusion pour l'auguste famille ré-

» gnante, qui répond sur sa tête de la vé-
» rité de ce qu'il désire vous communiquer.

     » *Signé*, Baron DE SAINT-CLAIR. »

Quoique M. de Saint-Clair affirme que cette lettre doit être parvenue au comte de Clermont-Lodève, parce qu'il dit l'avoir personnellement remise, à l'Elysée-Bourbon, à l'un des domestiques du comte, nous sommes bien éloignés d'admettre la vérité de ce fait.

Mais supposons un instant que le comte de Clermont-Lodève ait effectivement reçu la lettre que nous venons de rapporter, faut-il en conclure qu'il est complice de Louvel, parce qu'il n'aura point jugé convenable de répondre à M. de Saint-Clair?

M. de Lodève pouvait-il honorer de sa réponse celui qui lui disait :

« Si je vous demande quelques momens » d'entretien, ce n'est point avec l'intention » de vous parler de moi-même : *devant* » *ceux qui sont en place, sans avoir jamais* » *versé une goutte de sang, je laisse en évi-* » *dence mes nombreuses et graves cicatrices* » *reçues pour la cause sacrée de la legi-* » *timité.* »

N'est-ce pas là une insulte *gratuitement* adressée à M. de Clermont-Lodève, et celui-ci pouvait-il y répondre autrement que par *le mépris !*

Et qui vous a dit, baron de Saint-Clair, que M. de Clermont-Lodève n'a point prévenu le Prince du complot que vous auriez dénoncé ?

Ne sait-on pas que Mgr le duc de Berri répondait à ceux qui lui faisaient craindre un assassinat. . . . . « Puis-je redouter un pareil crime au milieu des Français ! . . . . . »

Mais, répond le baron de Saint-Clair, si M. de Lodève n'eût pas été le complice de Louvel, aurais-je été arrêté, par l'ordre de M. Decazes, quatre jours après la lettre du 12 mars, sous la prévention d'avoir porté, à l'aide de faux titres, des décorations étrangères (1) ?

---

(1) Il ne fut pas donné des suites à cette prévention, et M. de Saint-Clair fut mis en liberté; voilà je crois un fait qui répond bien péremptoirement à l'argumentation.

Cependant, le 20 juillet 1826, à une époque où M. Decazes ne pouvait très-certainement exer-

Dans tout ce raisonnement, il n'y a qu'une seule chose de vraie ; c'est l'arrestation du baron de Saint-Clair.

Il est faux, en effet, que M. Decazes ait donné l'ordre de l'arrêter, car cet ordre est émané *directement* du préfet de police.

C'est M. Anglès qui l'a *signé* (1), et non

cer aucune influence, le baron de Saint-Clair fut traduit devant la cour d'assises pour répondre à l'accusation qui avait déterminé son arrestation, en 1819.

Je félicite M. de Saint-Clair d'être parvenu à se justifier aux yeux du juri des divers crimes de faux. Observons toutefois qu'il succomba sur le chef d'accusation d'avoir porté *sans titre* la croix de Saint-Louis, et qu'il a été condamné pour ce fait à six mois d'emprisonnement.

Il est pénible de voir M. de Saint-Clair revenir, dans ses révélations, sur la condamnation qu'il a subie, et déclarer sans hésitation que s'il a été condamné c'est parce que l'officier du ministère public chargé de soutenir l'accusation avait retenu dans son dossier les pièces établissant qu'il avait été nommé chevalier de Saint-Louis.

Une pareille assertion donne la mesure de ce qu'il faut penser du baron de Saint-Clair et des révélations qu'il fait.

(1) Révélations, page 11, à l'avant-dernière ligne.

M. Decazes, le baron de Saint-Clair énonce
donc une fausseté.

Et qu'il ne croie pas convaincre en allé-
guant *les confidences* des agens de police :
personne ne croira que si M. Decazes avait
lui-même donné l'ordre d'écrouer le baron
de Saint-Clair, et que, par des motifs aussi
sérieux que ceux indiqués, il n'eut pas voulu
signer lui-même cet ordre, de simples agens
de police ayant pu connaître ce fait et le
lui révéler.

Et s'il eût été vrai que MM. Decazes et
Clermont de Lodève eussent résolu de donner la mort au prince, pense-t-on qu'ils se
fussent contentés de faire arrêter le baron
de Saint-Clair, comme prévenu d'un délit
imaginaire ? n'avaient-ils pas à craindre
que ce colonel interrogé sur les faits de son
arrestation, révélat au juge d'instruction
le complot qu'il avait signalé ?

Que les désignant comme chefs de conjurés, la justice *indépendante* ne les attei-
gnit pour les frapper de son glaive?

Et dans ces circonstances, qu'aurait été
la vie du baron Saint-Clair pour des hommes qui auraient attendu l'occasion favo-
rable d'assassine le prince ?

Le complice de Louvel aurait-il pu lui dire, immédiatement après son arrestation :

« Monstre qui a pu te pousser à un tel » attentat?.... Tu as donc reçu de l'argent? ... », Désigne ceux qui t'ont payé? » (1)....

Et Louvel, qualifié de monstre par un homme qui aurait armé son bras, par un homme qui lui aurait promis l'impunité, revenant de son erreur, puisqu'il était arrété, n'aurait-il pas répondu.... celui qui m'a payé, c'est vous !

N'argumentez donc plus de votre arrestation pour diffamer des hommes honorables; vos conjectures sont fausses, elles sont absurdes, *vous calomniez !* (2).

---

(1) M. le comte de Mesnard déclara devant la Chambre des Pairs, que M. de Clermont Lodève apostrpoha ainsi l'assassin sitôt qu'il l'aperçut. *Procès de Louvel*, vol. 2, p. 207 et 208.

(2) Je n'ai pu lire sans horreur la note que M. de Saint-Clair a consignée à la page 51 de ses révélations. La voici :

« Avant de procéder à l'interrogatoire, M. De- cazes s'approcha de Louvel, et *lui parla à l'o-* » *reille.* Il le fit si doucement, que les gendarmes ; » qui étaient tout près de lui, *ne purent l'enten-* » *dre;* mais ils entendirent la réponse de l'assas-

« Le crime que l'on m'avait faussement
» imputé, poursuit M. de Saint-Clair, ne

» sin, qui se hâta de satisfaire à la demande de
» M. Decazes, en proférant *d'un air d'intelligence*
» ces mots : *Non, non, non.* »

Remarquons que cette *conversation mystérieuse*
aurait eu lieu en présence de M. *de Clermont-Lodève*, du *comte de Mesnard*, qui n'en ont pas
dit un mot dans leurs dépositions; *pas même
le gendarme Lavigne*, dont M. de Saint-Clair
invoque tant de fois le témoignage.

Et qui pourra croire que le baron de Saint-Clair *n'est pas un calomniateur*, lorsqu'il affirme
des faits aussi mensongers?

Mais, dit le baron de Saint-Clair, si M. Decazes n'eût pas armé le bras de l'assassin, lui
aurait-il fait *desserrer les poucettes ?* l'aurait-il
fait conduire *dans son hôtel*, où il le garda pendant dix-sept heures pour l'interroger, bien qu'il
lui eût fait subir un interrogatoire à l'Opéra ?

Si M. Decazes a fait desserrer les poucettes à
Louvel, ne dites pas qu'il est son complice,
car la loi veut que l'accusé *soit libre*, et M. Decazes n'aura fait que *se conformer à la loi.* Et si
M. Decazes avait été l'auteur de cet assassinat, il
aurait connu sans doute *le jour, l'heure, le moment* où le prince devait être frappé, il serait
accouru pour recevoir les premières réponses de
Louvel *arrêté* : loin de là, M. Decazes n'arrive
que long-temps après l'assassinat ; c'est M. *le
procureur du Roi* qui, *le premier*, interroge Lou-

» fut pas jugé suffisamment établi, aussi la
» Chambre du Conseil décida-t-elle, le 27
» mai 1819, qu'il n'y avait point lieu à ac-
» cusation.

» De nouvelles démarches devaient m'at-
» tirer de nouvelles persécutions, mais
» comme il s'agissait du salut d'un prince
» dont on n'avait résolu le sacrifice, je
» n'hésitai pas un instant.

« Le 30 avril j'écrivis à M. le duc de
» Maillé, comme j'avais écrit à M. de Lo-
» dève.

» Je lui témoignais mon indignation du
» silence que ce dernier avait gardé.

» En recevant cette lettre, le duc de
» Maillé prouva, par sa conduite, qu'il s'in-
» quiétait aussi peu du salut du Prince
» que le comte de Clermont-Lodève. Plus
» poli que ce dernier, il m'honora bien
» d'une réponse, mais seulement pour me
» dire que la *santé* de madame sa mère ne
» lui permettait pas de s'occuper d'autre
» chose, qu'il ne pouvait point me recevoir,

---

vel, et M. Decazes est complice !........ *vous calomniez!*

» et que je pouvais m'adresser à M. le duc
» de Fitz-James, de service auprès de Mon-
» sieur. »

D'abord est-il bien vrai que cette lettre
ait servi de réponse à la révélation d'un complot, et, d'après les termes dans lesquels
elle est conçue, ne pourrait-on pas croire
que le baron de Saint-Clair sollicitait la pro-
tection de M. de Maillé pour obtenir ce qu'il
demandait (1)?

Mais admettant que le duc de Maillé ait
répondu, comme l'indique M. de Saint-
Clair, à la lettre du 3o avril, cette réponse
prouve-t-elle qu'il était le complice de Louvel?

N'est-ce pas le comble de l'absurdité que
d'émettre une pareille assertion? et ce fait
rapporté par M. de Saint-Clair lui-même,
que M. de Maillé l'aurait adressée à M. de
Fitz-James pour recevoir *ses prétendues ré-*
velations, ne prouve-t-il pas que M. de
Saint-Clair calomnie (2)?

____

(1) Voir à la page 99, aux Pièces justificatives des révélations du baron de Saint-Clair,
pièce, n° 13.

(2) L'on sait que toutes les fois que l'occasion

3

Cependant M. de Saint-Clair ne voulut point accepter l'indication qui lui aurait été faite. C'est à M. le duc d'Escars qu'il voulut révéler le complot, *et le duc aussi, conspirait.*

Singulière fatalité !...

» Dès le lendemain, continue M. de Saint-» Clair, je fus trouver le comte d'Escars : il » m'accueillit avec politesse. Je lui déclarai » tout ce que le serment que j'avais prêté à » Buiema me permettait de dire ; il en pa-» rut peu étonné, et il se borna à me ré-» pondre avec calme, *que le Prince ne ris-» quait rien, qu'on avait l'œil partout*

» Est-ce avec ce sang-froid, lui répli-» quai-je, que vous pouvez envisager les » dangers réels dont je viens de vous dénon-» cer l'existence ; est-ce avec une pareille » inaction que vous prétendez arrêter des » coups partis d'une main si puissante ?

» Là dessus je parlai avec une telle éner-

---

d'attaquer M. Decazes se présenta , MM. de Châteaubriand et de Fitz-James ne la laissèrent point échapper. Or, si M. de Maillé avait résolu , avec M. Decazes, de donner la mort au Prince, aurait-il adressé M. de Saint-Clair à M. de Fitz-James?

» gie des sentimens dont on devrait être
» pénétré dans une position si éminente et
» des moyens vigoureux qu'il convenait
» d'employer pour prévenir le crime, que
» le comte d'Escars devint blême comme
» un mourant. »

On a l'œil partout, vous a dit M. le duc
d'Escars, et cela prouve qu'il conspirait !
— Oui, répondez-vous, car M. d'Escars *a
pâli*, comme si l'un des capitaines des Gar-
des pouvait pâlir devant le colonel Saint-
Clair.

Il est pénible, j'en conviens, d'avoir à répondre à de pareilles calomnies, et ce n'est
pas sans un sentiment profond d'indignation que nous pouvons les réfuter.

Que reste-t-il, maintenant, de toutes vos
conjectures, baron de Saint-Clair?

La déclaration de Buiema !....

Mais Buiema, est un misérable soupçonné
de *parricide* et d'*assassinat*, que la gendarmerie vient de livrer aux autorités qui le
réclamaient pour en faire justice (1).

______

(1) Nous ne faisons une telle assertion que
parce que M. de Saint-Clair indique lui-même,

Buiema, dites-vous, était le domestique de M. de Lamothe, et il devait assassiner le prince?

Et moi je vous réponds, Buiema est *un infâme*, et vous calomniez.

Ne déclarez-vous pas dans vos révélations qu'il est *épileptique* (1), et ne savez-vous pas que l'*épileptie procure la démence* (2)? et parce qu'un misérable aura, dans sa folie, déclaré les choses les plus atroces

---

dans ses révélations, que Buiema est soupçonné de ce double crime, et que la gendarmerie vient de le conduire de brigade en brigade jusqu'en Hollande, où il est né. (Voir Révélations, p. 63, et aux notes.)

(1) Voir les Révélations, pag. 44.

(2) L'épilepsie éclate ordinairement par un cri, le malade tombe, les convulsions se manifestent mais avec des nuances infinies entre le plus léger mouvement convulsif et les convulsions les plus violentes et les plus effrayantes. . . . .

Il en est qui disent des choses *extravagantes* et *bizarres* que des fripons ont fait passer, et que des gens simples ont pris pour des inspirations des démons. (Epilepsie, *Dictionnaire des Sciences médicales*, vol. 12, pag. 511.)

Un seul accès suffit pour jeter dans la démence. (Voyez *ibid.* pag. 515.)

qu'il soit possible d'imaginer, vous pu-
blierez, vous baron de Saint-Clair, que ces
déclarations sont vraies.

Mais la preuve qu'elles sont absurdes,
résulte des contradictions, des mensonges
évidens que ces déclarations renferment.

Ma position est affreuse, vous disait
Buiema (1).... « *Cherchez-moi des protecteurs assez puissans pour que je puisse
sortir de la France sans trouver la mort
sur mon chemin....* « et alors qu'il parvient
à s'éloigner sans que vous lui donniez des
protecteurs, il revient volontairement auprès de M. Delamotte, le 18 décembre
1819! (2)

Il ne servait donc pas auprès d'un complice de Louvel, car, s'il eût été vrai que
la conjuration lui eût été déclarée ainsi que
le prétend M. de Saint-Clair, par la révélation qu'il en fait, serait-il revenu volontairement auprès de M. de Lamothe alors
que son plus vif désir aurait été de s'éloi-

____

(1) Voir les Révélations, pag. 9.
(2) *Ibid.*, pag. 32.

gner pour ne pas devenir le complice de cet assassinat?

Oui, je le répète, la déclaration de Buiema *est une declaration calomnieuse, Buiema est atteint de démence* (3).

Pour acquérir cette certitude il suffit, ce me semble, de lire la déclaration de Buiema produite par M. de Saint-Clair.

« Ce fut le 18 décembre 1819, nous dit-
» il, que je revins chez M. de Lamothe
» que ma disparition avait beaucoup in-
» quiété. M. de Lamothe m'appela, seul,
» dans sa chambre, et, me mettant deux
» pistolets sur la gorge, il me déclara que
» pour ensevelir le secret dont j'*étais dépo-
» sitaire*, il allait me brûler la cervelle *si
» je ne prenais l'engagement de poignarder
» le duc de Berri*. »

---

(3) L'on n'a point perdu de vue, sans doute, que nous raisonnons toujours dans la supposi- tion où M. de Saint-Clair pourrait établir que tout ce qu'il affirme, dans ses révélations, lui aurait été certifié *par Buiema*, dont il prouve- rait l'existence.

Aussi réfutons-nous ces pétendues déclara- tions, comme s'il était constant qu'elles eussent été faites.

Remarquons ici toute l'absurdité de ces premières révélations.

L'on n'a point perdu de vue que déjà, et le 12 mars 1819, Buiema connaissait le complot qu'il prétend avoir été formé, celui d'assassiner le prince. — Qui lui a fait cette révélation?—M. de Lamothe, répondit.— Et dans quelle intention ce [gentilhomme aurait-il fait à *son domestique* une telle confidence? Serait-ce *pour en faire un assassin?* Non, car Buiema nous dit qu'à cette époque *le monstre qui devait immoler le prince avait été trouvé* (1). Quel intérêt aurait donc eu M. de Lamotte à déclarer à son domestique qu'il avait résolu la mort du prince que la France idolâtrait? Que ses complices étaient nombreux, que leur puissance mettrait l'assassin à l'abri du danger? Aurait-il voulu compromettre l'existence des conjurés, la sienne? et ne suffit-il pas d'énoncer une aussi grande absurdité, pour la prouver?

Mais poursuivons:

« Pour sauver mes propres jours, je fus

---

(1) Voir Révélations, pag. 8, lig. 13.

» réduit dans cette extrémité à lui prêter
» cet horrible serment. C'est le soir de ce
» jour-là que je vis à l'hôtel Meurice, où
» demeurait le vicomte de Lamothe, le
» comte Decazes, le duc de Maillé, le
» comte de Clermont Lodève, le comte
» François Descars, le général S. . ., le
» général comte Lion. » (1)

Arrêtons-nous encore et rappelons ici l'observation que nous avons déjà faite sur la première déclaration.

Nous avons vu que, le 12 mars 1819, Buiema n'avait indiqué à M. de Saint-Clair que le nom de M. Decazes, parce qu'il ne connaissait point encore les noms des autres conjurés.

---

(1) « Je ne puis donner le nom du général
» S...., nous dit N. de Saint-Clair, parce que le
» nom de ce général est *illisible*, et que je ne
veux pas commettre d'*erreur*. »

. La délicatesse du baron de Saint-Clair, sur ce point, ne trompera personne. Il déclare, en effet, dans ses révélations (pag. 31, aux notes), que Buiema lui a verbalement appris à la Conciergerie tout ce que renferme sa déclaration écrite. Comment aurait-il donc pu commettre une erreur, lorsque Buiema était là pour la réparer!

Nous avons aussi remarqué que, depuis cette déclaration, Buiema aurait disparu, et qu'il ne serait revenu que le 18 décembre 1819.

Maintenant s'il est vrai que pendant tout le temps qui s'est écoulé entre ces deux époques, Buiema ait persisté dans la résolution, qu'il nous dit avoir eue, de ne plus retourner chez M. de Lamothe, comment, lorsqu'il y est revenu, aura-t-il appris les noms des autres conjurés?

Les révélations du baron de Saint-Clair ne répondent point à cette question, et l'on est à se demander, dans de pareilles circonstances, comment il arrive que le quatrième jour après son retour, c'est-à-dire le 22 décembre 1819, Buiema puisse désigner *nominativement* ceux des conjurés qu'il n'aurait point connus le 12 mars de la même année.

Mais que se passa-t-il à l'hôtel Meurice, dans la soirée du 22 décembre?

Si nous en croyons Buiema, l'on se serait occupé de l'exécution du complot: et, pour déterminer d'autant plus Buiema à remplir l'horrible serment qu'il aurait prêté d'as-

sassiner le prince, tous les conjurés lui auraient déclaré *qu'il ne serait pas seul*, et
qu'on avait à lui adjoindre un *homme décidé qui frapperait le premier.*

Eh quoi! tous les conjurés se seraient
présentés simultanément à un *inconnu* qui
ne leur aurait offert d'autre garantie que sa
qualité de domestique de M. de Lamothe,
alors qu'ils auraient pu compter sur un *assassin déterminé*, et ils auraient ainsi com-
promis *leur sûreté personnelle*, en se livrant
à sa discrétion?

Ne savait-il pas, lorsqu'il a fait une déclaration aussi mensongère, que celui qui
conspire craint de confier à lui-même les
projets qu'il médite?

Ce n'est pas encore là tout ce que cette
déclaration contient d'absurde.

En effet, Buiema raconte qu'après l'assassinat, M. de Lamothe lui aurait donné
un *certificat* signé de lui, du comte Decazes
et du duc de Maillé (1).

Mais n'est-ce pas démontrer jusqu'à l'é-

---

(1) Voir les Révélations, pag. 39. Buiema ne
dit pas ce que pouvait contenir ce certificat.

vidence, par la fausseté de cette assertion, la fausseté de toutes celles qui précèdent?

Les conjurés auraient été assez imprudens pour se confier à l'assassin qu'ils auraient stipendié; ils se seraient tous fait connaître avant l'assassinat, et depuis ils auraient eux-mêmes constaté leur crime *en signant un écrit !*

Mais puisque vous avez soustrait à tous les regards *ce poignard* que vous prétendez vous avoir été remis par M. de Lamothe (1), puisque l'on a pu vous enlever ces papiers (2), que vous possédiez lorsque vous avez été arrêté à Clayes sous des habits de femme, ainsi que vous le dites, et plongé dans les cachots comme *complice de Louvel,* où sont-ils? montrez-les?...

Je les ai déposés, dites-vous, et le dépositaire ne veut point me les rendre?

Le fait est faux, vous calomniez!

Si vous aviez reçu des papiers de M. Decazes, ils auraient été trouvés sur vous lors-

____

(1) Voir les Révélations aux Pièces justificatives, pag. 110.

(2) *Ibid.,* pag. 39.

que vous avez été arrêté puisqu'à cette époque vous étiez soupçonné d'être *le complice de Louvel*, et que vous avez été fouillé par la gendarmerie au moment de votre arrestation.

Vous seriez-vous flatté, baron de Saint-Clair, que votre qualité de vétéran de l'armée de Condé, pourrait accréditer tant de calomnies par cela seul que vous leur donneriez de la publicité ?

N'auriez-vous pas eu l'intention, peut-être, de vous élever, par vos révélations, à la place de ceux qu'elles outragent, pour qu'il vous fut enfin permis d'exposer en un lieu plus élevé *vos graves* et *nombreuses cicatrices* !

Détrompez-vous, l'absurdité de vos révélations ne convaincra personne, et la France indignée punira vos outrages en vous imprimant sur le front le nom de *calomniateur*.

Et que doit-on penser d'un homme qui, dans le délire de son imagination, prodigue *l'insulte* et *l'outrage* ?

Qui signale M. Decazes comme le principal auteur de cet assassinat, et qui, pour accréditer ses révélations lui asservit tous les fonctionnaires de l'Etat.

Qui insulte à la magistrature en affirmant que lorsque Buiema faisait des révélations il était interrogé sur un ton qui ne lui permettait pas de répondre.

Insensé, qui n'avez pas craint d'ulcérer par vos infames révélations de royales douleurs, ah! ne répétez plus.... *le sang de vos rois crie !....*

Approchez avec moi de l'auguste victime, sa mort vous apprendra ce que c'est qu'un Bourbon.

Comme il souffre à l'*idée de vengeance !* *il ne veut point de sang*, et vous en demandez !

Grace ! grace ! pour l'homme, ce n'est qu'un insensé.

Avec quelle indignation n'eût-il point repoussé l'atrocité de vos révélations.

Non, se serait-il écrié, je ne meurs pas victime du plus affreux complot; non, les plus parfaits modèles de la fidélité n'ont pas armé le bras *de l'homme;* éloignez-vous, car vous calomniez...... *Oui, vous calom-niez, vous répondra la France.*

———

Nota. Je regrette beaucoup que le temps ne m'ait pas permis de donner à cette réfutation tous les développemens qu'elle devait exiger. Mais l'accusation qui était publiée méritait une réponse, j'ai cru devoir la donner.

Je ne me dissimule point que ma Réfutation ne satisfera pas tous ceux qui daigneront la lire

On dira, que des argumens ne suffisent pas toujours pour détruire des faits ; mais il me semble que démontrer la fausseté *des révélations par les révélations* c'est en prouver aussi l'absurdité.

FIN.